騎鵝歷險記

Nils Holgerssons underbara resa genom Sverige

原著｜賽爾瑪・拉格洛夫
改寫｜施養慧
繪圖｜九子

步步出版

1 男孩

「逮到你了！」男孩的補蟲網裡，抓到了一個拇指大的矮人。

矮人住在這戶農家很久了，十四歲的尼爾斯是家裡的獨生子，也是他見過最頑劣的孩子。

「給你一枚金幣，放我出去吧！」困在網底的矮人說。

「……好吧！」尼爾斯看著矮人慢慢的往上爬，心想：「這也太便宜他

了。」於是把手一甩，矮人又掉了下去。

「啪！」尼爾斯挨了一記火辣辣的耳光，當場昏了過去……

尼爾斯醒來後，發現自己不但變成拇指大的矮人，還聽得懂動物的話。他慌張的懇求家裡的動物幫忙，母雞叫著：「活該，你也有這一天。」貓咪說道：「報應，誰叫你老愛抓我尾巴。」

「我就再抓一次。」

尼爾斯說著往前衝。

「啪！」貓咪一掌將他撲倒，銳利的爪子刺進他的皮肉。

尼爾斯看著像老虎一樣的貓咪，這才想起自

己已經變小。

「看在你媽媽的份上，我就饒了你。」貓咪鬆開了爪子。

驚魂未定的尼爾斯，突然聽到：

「等等我！我跟你們一起去。」家裡那隻大白鵝竟然追著天上的雁群大喊。

白鵝奮力的搧動翅膀，眼看著就要起飛了，尼爾斯趕了過去，縱身一躍，摟著他的脖子說：

「傻瓜，飛不上去的啦！你這個呆頭鵝！」

白鵝氣憤之下，便一飛衝天。

2 阿卡

綠意盎然的三月天裡，瑞典的天空有成群的野鳥往北飛，準備飛往鳥類的樂園拉普蘭。在人字形的雁陣後頭，有個落後的白色身影，那是尼爾斯家的白鵝馬丁。

馬丁吃力的飛著，忽上忽下，忽快忽慢，在他背上的尼爾斯也跟著上上下下暈頭轉向。過了好一會兒，馬丁終於飛得比較平穩了，尼爾斯才能像鳥兒一樣俯瞰大地。

「原來鳥兒看到的是一塊五顏六色的方格子布呀！」春天的麥田、耕地與牧場，像是媽媽手作的拼布。「媽媽作夢都想不到，我會變成這

樣……」尼爾斯眼眶一紅，鼻頭一酸，轉頭看著身旁振翅的野雁，又笑出來說：「我在天上飛！」

當尼爾斯又哭又笑時，馬丁可是拼死拼活的飛著，終於在他快要斷氣之前，隨著雁群在湖畔降落了。

尼爾斯落地後，看著高大陰森的林木與靜謐的湖泊，「家裡的燈都亮了吧！晚餐有玉米濃湯嗎？」又冷又餓的他難過的轉身，這才發現馬丁已經躺在地上奄奄一息。

尼爾斯慌了，現在的他就像隻不會飛的小蟲子，隨時都可能成為動物的晚餐，「馬丁如果死了……」他不敢再想，使盡全力將馬丁又推又拉的帶到湖邊，過了好一會兒，馬丁才逐漸恢復元氣。

「謝謝你救了我。」馬丁扔了一條小魚給他。

尼爾斯沒吃過生魚，但肚子實在餓得厲害，便拿出隨身小刀，吃了起來。

「雖然我們以前處得不好，但現在我們要互相幫助。阿卡的雁群是出了名的嚴格，可以跟他們去旅行是我最大的夢想。只要你陪著我，幫我壯膽，我發誓絕不拋棄你，秋天一定送你回家。」

馬丁的話剛說完，領頭雁就向他們走來。

阿卡的肩膀消瘦、脖子細長，上了年紀的灰白羽毛與歷盡風霜的腳掌，還有一雙讓人不敢對她說謊的眼睛。

阿卡點了點頭，說：「你們一直跟著我們，你們到底是誰？」

「我叫馬丁，我想加入你們的旅行。我保證守規矩，不會拖累大家。」

「你有什麼特殊本領嗎？」

「沒有，我就是一隻普通的鵝。」

「嗯！不錯，很

誠實也夠膽量，可以試試看。他呢？他是誰？」

「我叫尼爾斯，馬丁是我家養的白鵝……」

「人！他是人！」雁鵝紛紛叫著往後退。過了一會兒，阿卡才鼓起勇氣站出來說：「人類只會傷害我們，不管大或小，只要是人類就不許加入我們。」

「把他趕走！」「不能讓他留下來！」雁鵝大

聲的嚷嚷，經過馬丁再三的求情，阿卡才說：

「我們今天打算在浮冰上過夜，他如果受得了就留下來吧！不過，天一亮他就得離開。」

「這樣我就不能加入你們了，我已經答應他，不會拋棄他的。」馬丁說。

「請便！」

尼爾斯幫馬丁找來乾草，鋪在冰上禦寒；馬丁讓尼爾斯躲進翅膀裡取暖，他們在離家的第一個晚上，相互依偎著入眠。

3 雁戲

「救命啊！」

當天夜裡，尼爾斯被一陣尖叫聲驚醒，身旁的雁鵝紛紛飛上天，有一隻卻被叼走了。

「別跑！」尼爾斯拔腿追去，抓住小偷的尾巴大叫：「臭狗，快把雁鵝放下來，不然我揍扁你。」

斯密爾是隻年輕的公狐狸，他想不到自己的尾巴上

會掛著一個小人兒，小人兒不但以為他是狗，還嚷著要揍他。斯密爾忍不住笑了出來，卻讓到嘴的肉飛了。

「可惡！」斯密爾追著尾巴上的小人兒轉圈圈，轉了一圈又一圈。

「哈哈！」尼爾斯得意洋洋的笑著。轉了幾圈後，頭暈了手也軟了，狐狸卻轉得正起勁呢！

尼爾斯瞄到一旁的山毛櫸，趁勢一蹦，逃到樹上。他居高臨下看了好一會兒，才說：「喂！我在這兒呢！」

「小鬼！」斯密爾抬頭看著尼爾斯說：「你就別下來，我看你撐多久？」

「你就別上來，看我怎麼收拾你。」尼爾斯說完，便靠著樹幹打盹，好幾次都差點摔下去，好不容易熬到天亮，狐狸卻還守在那兒。

「刷！刷！」林子裡突然出現一隻受傷的雁鵝，歪歪斜斜的走著。

斯密爾悄悄捱了過去，突然往前一撲，雁鵝卻拔高飛走了。很快的，又來一隻，他還是失手了。接著是三隻一排、五隻一起的雁鵝低空飛過，斯密爾再三撲起卻接連落空。

正當他準備放棄時，一隻肥美的白鵝從林中飛起，好一道誘人的美味呀！斯密爾用盡最後的力氣，奮力一跳，「啪答！」還是讓這道豪華餐點給飛了。

斯密爾不曾在一個早上狩獵這麼多次，更不可能一再失手，原本漂亮的紅尾巴，像一根折損的破掃把。他又羞又怒，突然聽到：「咬我啊，笨蛋！」抬頭一看，騎鵝的男孩正對著他扮鬼臉。

「小鬼，我一定要把你碎屍萬段。」斯密爾暗自發誓。

4 狐戲

救了雁鵝的尼爾斯獲准加入雁群，他跟馬丁同甘共苦，隨著雁群飛過大大小小的城鎮，停過深淺不一的湖泊。

這一晚，阿卡的雁群停在斗峭的懸崖上，下面

是湍急的河流，雁鵝們很快就入睡了。還不習慣餐風露宿的尼爾斯，望著漆黑的四周，聽著湍急的水聲，一陣恐懼襲來，就再也睡不著了。

斯密爾沿路跟著他們，一心復仇的他站在對岸無可奈何，氣得牙癢癢的。

「哈！幫手來了！」他告訴攀爬高手紫貂，懸崖上有一群美味的野雁。

嘴饞的紫貂，三兩下就往峭壁爬去。「唉唷！」紫貂被尼爾斯用尖銳的石頭砸得頭破血流，慘叫一聲，摔入河中。

被嚇醒的雁群只好在大半夜轉移陣地，最後隱身在飛瀑後

方的石壁上，再度昏昏入睡。

原本就睡不著的尼爾斯，經這麼折騰，便索性不睡了。沒多久，後方突然有奇怪的聲響，一隻水獺冒出頭來，尼爾斯拔出小刀，用力朝水獺的撲刺下。

「唉唷！」水獺叫著摔入河中。

對面的草叢突然傳來一陣咆哮聲，雁鵝紛紛醒來，見到月光下的紅狐狸。

「斯密爾，是你嗎？」阿卡問：「你為什麼不讓我們睡覺？」

「我要讓你們嘗嘗被耍的滋味，誰叫你們戲弄我？」

「你夠了吧！」

「哼！不把你們吃光，我是不會甘心的。除

非……把小人兒交出來，我就饒了你們。」

「休想！」阿卡說：「尼爾斯是我們的一分子，我們每一個都願意為他犧牲生命。」

「你們竟然這麼喜歡他。告訴你，我盯上他了，你們就跟著一起倒楣吧！」

斯密爾走了，雁群終於可以好好睡覺了。尼爾斯卻靜靜的躺在那裡，想到竟然有動物願意為自

己犧牲生命，他就激動得再也睡不著了。

「他們這樣保護著我，我怎麼能拖累他們？」

旅程中的尼爾斯總是放不下那隻狐狸，聰明的他終於逮到一次機會，把斯密爾困在外島，擺脫掉這個大麻煩後，才安心的繼續他的旅程。

5 大鳥湖

陶庚湖的面積很大，人們想利用這塊地，三番兩次的抽去湖水，導致湖中最深處不過兩個人高，低窪處卻成了一個個泥濘的小島。鳥兒在島上棲息下蛋，在湖中覓食，湖的外圍還長著又

高又密的蘆葦叢，

好像天然的綠屏風，護住了這個野鳥的安樂窩。

從四面八方湧入的鳥兒，就像入住的旅客，彼此交換著訊息。

「聽過雅洛的故事沒？受傷的綠頭鴨雅洛，被農場主人救起，主人細心的照顧他，等他痊癒後還讓他回到陶庚湖裡。當他欣喜的跟同伴說『我們都誤會人類了，他們對我很好……』突然，『砰！』一聲，同伴中槍了。雅洛那時才知道自己成了捕鳥用的誘餌，他既痛苦又自責，卻無法逃脫。唉！只要你們聽到：『走開，別過來！』

的尖叫聲，就是可憐的雅洛……」

尼爾斯看著這群哀傷的野鳥，身為人類的他實在羞愧得無地自容。「走！」他跳上一個廢棄的鳥巢說：「帶我去救雅洛。」

他用小樹枝當槳，慢慢的朝雅洛划去。

「別叫，雅洛，做好起飛的準備！」尼爾斯割斷了雅洛身上的網子。

「砰砰！」獵人開槍了，這次換成雅洛的同伴當餌，成功吸引獵人的注意，讓雅洛趁機逃脫。重獲自由的雅洛，在同伴的包圍下度過一個溫馨的夜晚。隔天一早，他還在睡夢中，就聽到一個童稚的聲音：「雅洛、雅洛，你在哪裡呀？」雅洛醒來，見到湖中央有艘小船，小主人就在船上呼喚著他。雖然主人對他別有用心，但小主人對他的感情卻是真摯的。雅洛拍著翅膀，像支綠色的箭，筆直的飛向小主人。人鳥相見的畫面，是清晨最美的一幅畫。

「進水了！進水了！」雅洛突然

大叫。

小主人為了尋找雅洛，獨自上了湖邊的船，卻不知道這是艘廢棄的船。雅洛見情況緊急，馬上找尼爾斯求救，在一陣手忙腳亂後，小主人終於在尼爾斯的指揮下脫險了，他才剛上岸，小船就沉沒了。

小主人走失的事，讓農場人仰馬翻，他們搜遍每一吋土地，又划船在陶庚湖繞了好多圈，直到天黑都一無所獲。當大家都認為小傢伙已經遇險了，女主人還是不放棄。她一邊叫著孩子的名字，一邊把泥濘的雙腳踩進泥巴裡，再吃力的拔起來，再踩下去……她沒有時間流淚，也不管被多少樹葉給劃傷，只是不斷的走著，一次又一次的呼喚著她的孩子。

「嘎！嘎嘎！」鳥兒的叫聲此起彼落，哀怨淒楚的聲音迴盪在她的耳邊，「這些鳥媽媽也在呼喚著她們的孩子。明天湖水抽乾後，小鳥就找不到家了，這些鳥媽媽會叫得更心急……」

回家後，她告訴丈夫：「明天要抽乾湖水，孩子今天就失蹤了，這一定是上帝的旨意。住手吧！做人不能貪心，我只求孩子平安回來。」

男主人從摀著臉的雙手中抬起頭來，淚痕斑斑的說：「天一亮，我就去終止這項計畫。」

一旁的獵犬聽到他的承諾後，馬上去扯女主人的裙子，將她帶到陶庚湖，汪汪叫了幾聲後，就傳來孩子大哭的聲音。

男孩終於回到母親的懷抱，又餓又累的他趴在媽媽肩上，眼皮慢慢的往下垂，在雙眼快要閉起來之前，見到一個坐在鵝背上的小人兒，揮著小手跟他說再見。

尼爾斯看著男孩消失在黑夜裡，喃喃的說：「他再不回去，我都快累死了！」當了一天保母的他倒頭就睡，美麗的陶庚湖，危機也解除了。

6 回家

經過漫長的旅程，雁群終於抵達拉普蘭。馬丁在那裡找到伴侶，並生下六隻小鵝，大夥兒在那兒度過一段悠閒的時光

後，再度啟程了，他們要趕在寒冬來臨之際，前往南方。

「好想念爸爸、媽媽呀！」尼爾斯坐在馬丁的背上說。

「終於要回家了！我們永遠不必再奔波了，我要讓妻兒過上好日子。」馬丁說。

「回家後，我要給你們最好的飼料跟最乾淨的水。」

「就這麼說定了！」

尼爾斯跟馬丁的心，早已領先雁群回家了。

有一天，尼爾斯無意間聽到阿卡的朋友說：

「小矮人說了，尼爾斯必須讓他媽媽宰了白鵝，才能變回人類。」

「不可以！」尼爾斯握著拳頭衝過去說：「我不回去了！阿卡，我不回去了！馬丁不能死……千萬不能讓他知道這個祕密，我怕他會為了我犧牲自己。」

「唉！」阿卡嘆了口氣說：「聽說你家最近欠了一筆錢，運氣不大好。你回去或許會有些幫助。」

「……」尼爾斯愣了一下，抬起頭說：「爸爸、媽媽都是正直的人，他們一定也不願意我昧著良心做事，我是不會出賣朋友的。」

「我知道了，你們就繼續跟著我們吧！」

尼爾斯的心情從雲端跌入谷底，不知情的馬丁還氣呼呼的說：「你不是說很想家嗎？怎麼又反悔了？」

「我……捨不得離開阿卡。」

「那你就捨得你爸媽？我的小鵝如果這麼沒良心，我一腳就把他踹進水裡。」無論馬丁怎麼說，尼爾斯就是不回家，馬丁只好說：「不回去就不回去，沒有你，我哪裡也不去。」

日子一天天的過去，雁群終於來到了尼爾斯的家鄉。

「回去一趟吧！」阿卡對尼爾斯說。

「還是不要吧！」

「馬丁留在這裡很安全，你回去看看，或許能幫上一點忙。」

「……對呀！我怎麼沒想到。」原本苦著一張臉的尼爾斯，終於露出久違的笑容。

阿卡送尼爾斯到他家附近，說：「明天早上到海邊跟我們會合。我走了！」

「阿卡，」尼爾斯叫住她：「我從不後悔跟著你們旅行，即使沒辦法變回人，我也不後悔。」

阿卡走過來，用嘴蹭了蹭他，轉身飛走。

尼爾斯進了自家院子，心裡百感交集。

「你回來了！」「太好了！聽說你變乖了……」家禽家畜七嘴八舌的說。

「爸爸、媽媽還好嗎？」

「你失蹤以後，他們都很傷心，家裡最近走了霉運，新買的馬又瘸了。」家裡的牛說。

「怎麼會這樣？」尼爾斯走進馬廄，對新來的馬說：「聽說你受傷了，你怎麼了？」

「有東西扎到腳了，扎得很深，醫生都找不到。」

「讓我來吧！」尼爾斯使勁的在馬蹄上刻字，過了一會兒，有人來了。尼爾斯趕緊躲起來，看到久違的爸爸，他在心裡吶喊著：「爸爸，爸爸！看看馬蹄！」

爸爸拍拍馬背，馬兒果然抬起了馬蹄。爸爸見到一行小字寫著：「拔出腳上的鐵」，仔細一摸，果然有塊尖尖的東西……

這時，馬丁一家飛來院子裡，「我一定要帶你們看看這個地方，你們看，有這麼多的燕麥。」

馬丁帶著孩子們吃了起來。

尼爾斯的爸爸剛從馬蹄中拔出鐵片，媽媽就跑來說：「快來，看我逮到了什麼？」

爸爸拿著拔出的鐵片說：「你看，我找到馬的毛病了。」

「太好了！走失的馬丁也回來了，還帶著七隻鵝，我已經把他們關起來了。」媽媽說：「一切都要好轉了！尼爾斯就要回來了！」

「對！一定是這樣。明天就是聖馬丁節了，我們現在就去把鵝宰了，到市場賣個好價錢。」

尼爾斯急著追上去，當他來到院子裡，爸爸已經用兩隻胳臂夾著馬丁跟他的太太，準備進屋。

「救命啊！尼爾斯救命啊！」馬丁一遇險，就跟尼爾斯求救。

「放開我！」馬丁的太太尖叫著。

「爸爸，媽媽……救命啊！」小鵝在鴨舍裡嘎嘎的叫著。

「不行！」尼爾斯馬上衝去敲門「砰！砰！砰！」他使勁的敲著門大喊：「媽媽！住手！不能殺他！不能殺馬丁。」

「是誰？」媽媽開了門。

「尼爾斯！」媽媽高興的大叫，抱著他又親

又吻的說：「你回來了！我的尼爾斯終於回來了。」

「尼爾斯！」爸爸扔下白鵝，過來緊緊的摟著他說：「回來

就好，回來就好！」

尼爾斯終於變回人類了，他緊緊的摟著雙親，

流下了欣喜的淚水。

7 告別

隔天一早，尼爾斯獨自來到海邊，他沒有吵醒馬丁，因為他已經聽不懂動物的話了。

「希望阿卡他們還沒飛走。」他站在海邊看著一群又一群的雁鵝，突然有一群飛來，叫得最響，飛得最慢，在岸邊徘徊不去。

尼爾斯知道那是他的雁群，便摘下帽子邊跑邊喊：「我在這裡，我在這裡。」

雁鵝被嚇得飛上高空，「他們認不出我了！嗚嗚……」尼爾斯坐在地上哭了起來。

「噗！噗！」一陣拍翅聲，阿卡來了。

尼爾斯怕嚇跑她，動也不動的坐在那裡，淚眼汪汪的看著阿卡。

阿卡慢慢的靠近

他，走近一些，再走近一些，終於認出他來了。阿卡衝上前去，用嘴摩擦著尼爾斯，尼爾斯緊緊的摟著阿卡。其他的雁鵝也都來了，圍著尼爾斯蹭來蹭去，嘎嘎嘎的說個不停。

突然，雁鵝全都安靜下來了，好像突然想起了他是人類，便紛紛的往後退。尼爾斯慢慢的站起來，輕輕的摸著阿卡跟每一頭雁鵝後，才緩緩的往後退，朝岸上走去。

雁鵝的叫聲在他身後響起，尼爾斯擦乾眼淚，站在堤岸上揮手。雁群斷斷續續的叫著，在他的頭上盤旋了一陣後，叫著朝遠方飛去。

【導讀】

引領百年風潮的生態童話

施養慧（童話作家）

提起北歐兒童文學，很多人會想起《長襪子皮皮》與《姆米谷》，兩書的作者分別得過「賽爾瑪．拉格洛夫獎」及「尼爾斯．霍爾格森獎章」。這是以《騎鵝歷險記》的作者跟主角命名的兩個兒童文學獎項，《騎鵝歷險記》的宗師地位不

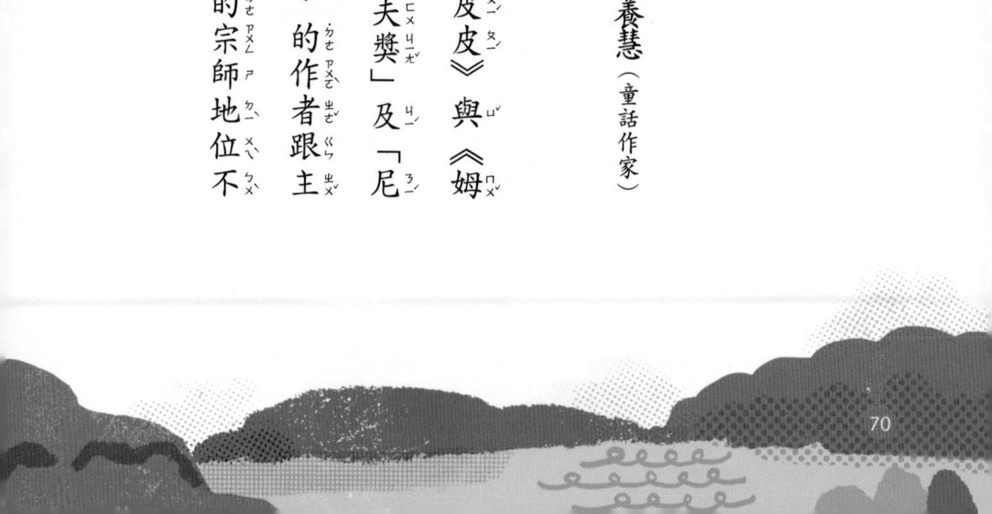

言可喻。

《騎鵝歷險記》從一九〇六年出版，至今已有五十幾種語言的翻譯本，它不僅引領百年風潮，還是走在時代尖端的生態童話，作者更是第一位獲得諾貝爾文學獎的女作家。賽爾瑪·拉格洛夫（Selma Lagerlöf, 1858-1940）當年受瑞典教師聯盟委託，為小學生撰寫地理輔助教材。她運用童話手法，讓變成小人兒的尼爾斯騎鵝去旅行，從南到北再由北到南，環遊瑞典一周。隨著旅程帶出瑞典的自然風光、宗

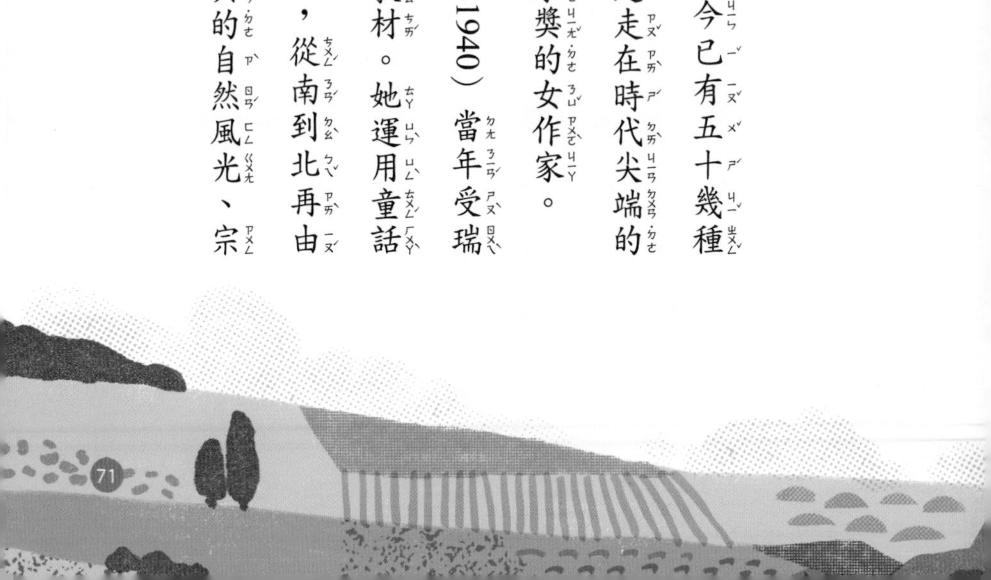

教信仰、歷史、神話與傳說；透過尼爾斯與動物的互動，彰顯物種的多樣性與生態保育觀念。拉格洛夫藉由一則則故事，闡述她對國家的熱愛、對人類與自然的關懷，最重要的是她教給孩子樂觀積極的精神，與「有所為、有所不為」的處世態度。

在那個沒有網路的時代，終生跛行的拉格洛夫花了近五年的時間上山下海，才完成上下兩冊長達五十五個章節的鉅著。《騎鵝歷險記》甫出版就獲得巨大回響，海內外讀者、

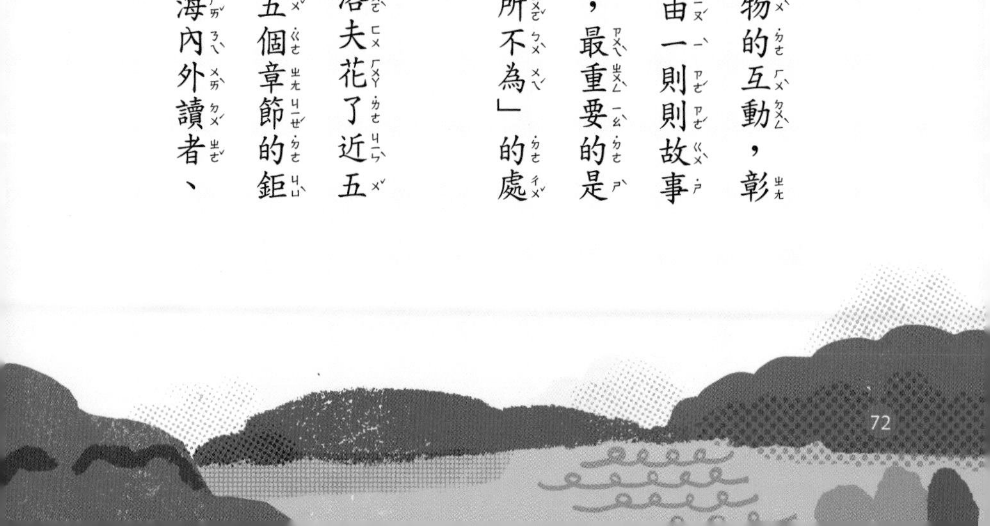

學者熱烈擁戴，她也一舉奪下桂冠，受封為「祖國的善良仙女」，肖像還印在瑞典紙幣上。

拉格洛夫施展的魔法，是給孩子兩次視線的轉換。她透過小人兒尼爾斯，將讀者的視線拉低，讓孩子以動物的角度看世界。更藉由尼爾斯與動物生活近八個月的時間，讓孩子了解動物的處境，進而感同身受，心生憐憫；再隨著雁鵝翱翔的高度，讓孩子俯瞰壯闊山河，感受大自然的氣象萬千而心生敬畏。

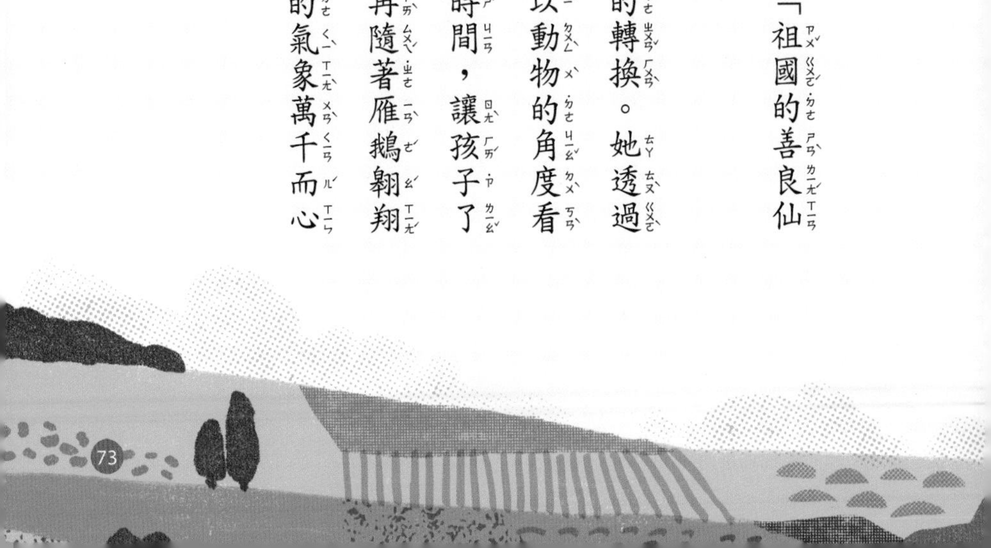

無論上天或下地，兩次視線的轉換，都讓孩子明白，人類只是渺小的存在，是大自然的一部分，我們應該更謙虛的面對地球萬物。

《騎鵝歷險記》的主題是嚴肅的，語調是詼諧的，單篇各自獨立又彼此關連，男孩也因為冒險歷程完成一次成長之旅。十年的教師經驗，讓拉格洛夫的故事融合了文學性、知識性與趣味性，將童話寓教於樂的本事發揮得淋漓盡致。

這本書的改寫，以尊重原著情節為主，輔以現代語彙，貼近小讀者。並將龐大的篇幅去蕪存菁，藉由尼爾斯的行為與對白，凸顯原著幽默風趣的基調。

本書精選了七個重要章節：第一、二章描述男孩如何變成拇指大的小人兒，又如何跟著家中白鵝飛上天空。第三、四章是彼此牽連對應的章節，隨著狐狸這個關鍵角色的出現，讓原本不被雁群接納的男孩，得以加入雁群，繼而得到肯定與愛護。

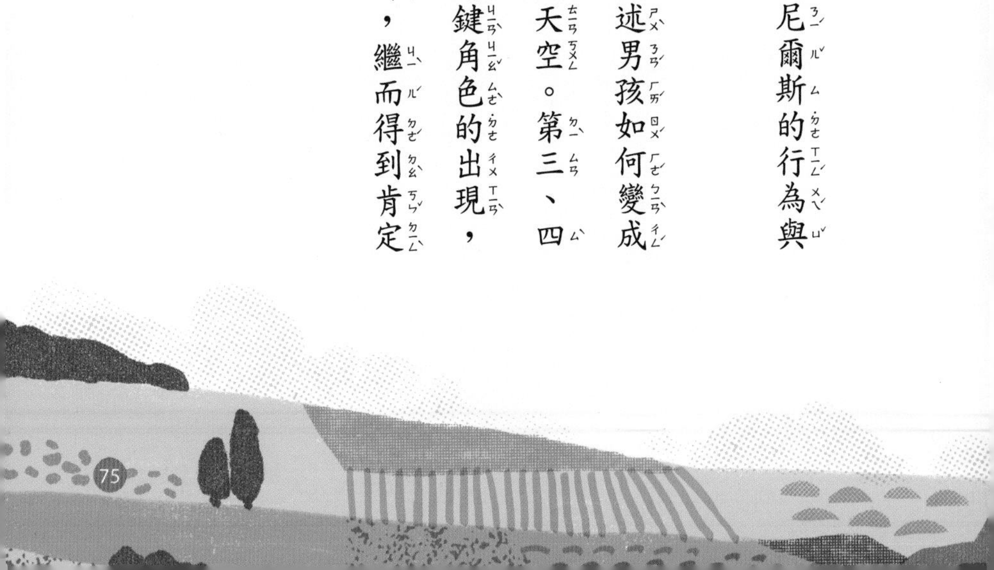

第五章〈大鳥湖〉，談到人類與大自然爭地的過程，透過一隻被當成誘餌的綠頭鴨，帶出人類的狡詐與貪婪。最後兩章則是回家與告別，給了故事一個完美的結局。

從想像到筆尖，從文字到故事，尼爾斯這個從墨水瓶出生的人物，早已騎鵝飛出瑞典。他隨著時光的氣流盤旋，藉由歲月的軌跡導航，飛進不同國度、不同世代孩童的心中。這些孩子長大後，在各自領域發光，其中最著名的是兩位諾貝爾獎得主：大江健三郎與康拉德·勞倫茲，前者提到《騎

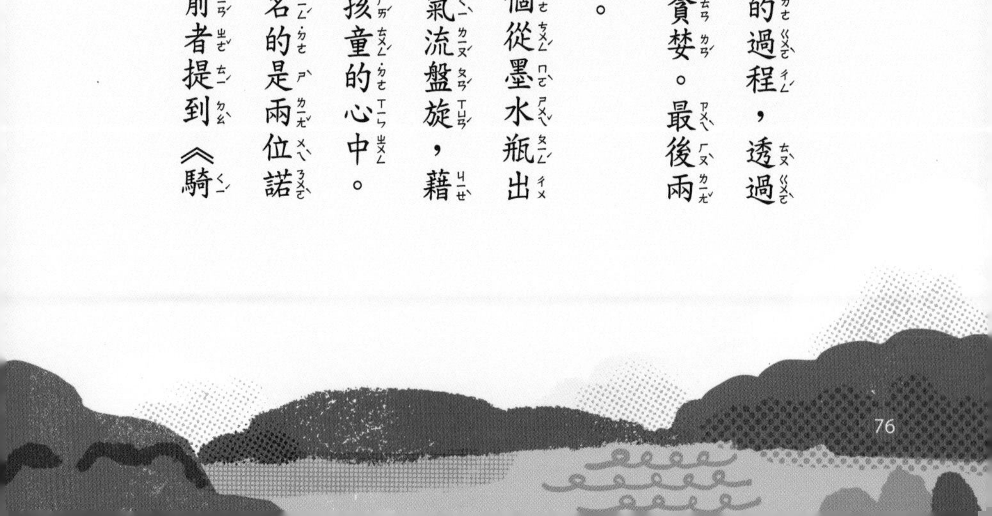

鵝歷險記》指引他文學的方向，後者則成了動物學家，也是《所羅門王的指環》、《雁鵝與勞倫茲》的作者。

二〇〇四年瑞典電視臺用輕型飛機從尼爾斯的家鄉出發，沿著雁鵝旅行的路線，繞行瑞典一周，並在二〇〇六年，亦即《騎鵝歷險記》出版後一百年，做了瑞典百年變遷的系列報導。《騎鵝歷險記》已不僅只是影響深遠的經典，還是研究瑞典的珍貴史料。

拉格洛夫在得獎後，運用她的名聲為瑞典女性爭取選舉

權；在蘇聯入侵芬蘭時，為芬蘭籌措經費；更從納粹手中，救出一對猶太作家母女；儼然就是她筆下勇敢正直的阿卡。拉格洛夫其人其書都得到讀者的仰視，都值得我們認識。

希望這本書成為一座橋梁，引起讀者對《騎鵝歷險記》的興趣，你會發現，原著中還有許多迷人的角色與精采章節，值得細細品味。

國家圖書館出版品預行編目（CIP）資料

騎鵝歷險記 / 賽爾瑪.拉格洛夫(Selma Lagerlöf)原著 ; 施養慧改寫 ; 九子繪. -- 初版. -- 新北市 : 步步出版 : 遠足文化發行, 2020.11
面； 公分
注音版
譯自 : Nils holgerssons underbara resa genom sverige.
ISBN 978-957-9380-69-0(平裝)

881.3596　　109015962

騎鵝歷險記
Nils Holgerssons underbara resa genom Sverige

原著　賽爾瑪 ・ 拉格洛夫　Selma Lagerlöf
改寫　施養慧
繪圖　九子

步步出版
執行長兼總編輯　馮季眉
編輯總監　周惠玲
總 策 畫　高明美
責任編輯　徐子茹
編　　輯　戴鈺娟、陳曉慈
美術設計　劉蔚君
封面設計　九子、劉蔚君

讀書共和國出版集團
社長　郭重興
發行人暨出版總監　曾大福
業務平臺總經理　李雪麗
業務平臺副總經理　李復民
實體通路協理　林詩富
海外暨網路通路協理　張鑫峰
特販通路協理　陳綺瑩
印務經理　黃禮賢
印務主任　李孟儒
發行　遠足文化事業股份有限公司
地址　231 新北市新店區民權路 108-2 號 9 樓
電話　02-2218-1417
傳真　02-8667-1065
Email　service@bookrep.com.tw
網址　www.bookrep.com.tw
法律顧問　華洋國際專利商標事務所 蘇文生律師
印刷　中原造像股份有限公司
初版一刷　2020 年 11 月　初版三刷　2021 年 4 月
定價　260 元
書號　1BCI0008
ISBN　978-957-9380-69-0